紅樓夢第二十六回

蜂腰橋設言傳心事　瀟湘館春困發幽情

話說寶玉養過了三十三天之後不但身體強壯亦且連臉上瘡痕平復仍回大觀園去這也不在話下且說近日寶玉病的時節賈芸帶着家下小廝坐更看守晝夜在這裡那小紅同衆丫鬟也在這裡守着寶玉彼此相見日多漸漸的混熟了小紅見賈芸手裡拿著塊絹子倒像是自己從前掉的待要問他又不好問不料那和尚道士來過用不着一切男人賈芸仍種樹去了這件事待放下又放不下待要問去又怕人猜疑正是猶豫不决神魂不定之際忽聽窗外問道姐姐在屋裡沒有小紅

聞聽在窗眼內望外一看原來是本院的個小丫頭佳蕙因答說在家裡呢你進來罷佳蕙聽了跑進來就坐在床上笑道我好造化纔在院子裡洗東西寶玉叫往林姑娘那裡送茶葉花大姐姐交給我送去可巧老太太給林姑娘送錢來正分給他們的丫頭們呢見我去了林姑娘就抓了兩把給我也不知是多少你替我收着便把手絹子打開把錢倒出來交給小紅小紅就替他一五一十的數了收起佳蕙道你這兩日心裡到底覺着怎麼樣依我說你竟家去住兩日請一個大夫來瞧瞧吃兩劑藥就好了小紅道那裡的話好好兒的家去做什麼佳蕙道我想起來了林姑娘生的弱時常他吃藥你就和他要些來

吃也是一樣小紅道胡說藥也是混吃的佳蕙道你這也不是個長法兒又懶吃懶喝的終久怎麼樣小紅道怕什麼還不如早些死了倒干淨佳蕙道好好兒的怎麼說這些話小紅道你那裡知道我心裡的事佳蕙點頭想了一會道可也怨不得你這個地方本也難站就像昨兒老太太因寶玉病了這些日子說伏侍的人都辛苦了如今身上好了各處還香了愿叫把跟着的人都按着等兒賞他們我們筭年紀小上不去我也不抱怨像你怎麼也不筭在裡頭我心裡就不服襲人那怕他得十分兒也不惱他原該的說句良心話誰還能比他呢别說他素日殷勤小心就是不殷勤小心也拼不得只可氣晴雯綺霞他們這幾個都筭在上等裡去仗著寶玉疼他們衆人就都捧着他們你說可氣不可氣小紅道也犯不著氣他們俗語說的千里搭長棚沒有個不散的筵席誰守一輩子呢不過三年五載各人幹各人的去了那時誰還管誰呢這兩句話不覺感動了佳蕙心腸由不得眼圈兒紅了又不好意思無端的哭只得勉强笑道你這話說的是昨兒寶玉還說明兒怎麼收拾房子怎麼做衣裳倒像有幾百年熬煎是的小紅聽了冷笑兩聲方要說話只見一個未留頭的小丫頭走進來手裡拿著些花樣子并兩張紙說道這兩個花樣子叫你描出來呢說着向小紅擲下回轉身就跑了小紅向外問道到底是誰的也等不的說完

就跑誰蒸下饅頭等着你怕冷了不成那小丫頭在窗外只說得一聲是綺大姐姐的抬起腳來咕咚咕咚又跑了小紅便賭氣把那樣子擱在一邊向抽屜內找筆找了半天都是禿的因說道前兒一枝新筆放在那裡了怎麼想不起來一面說一面出神想了一回方笑道是了前兒晚上鶯兒拿了去了因向佳蕙道你替我取了來佳蕙道花大姐姐還等着我替他拿箱子你自已取去罷小紅道他等著你你還坐着閑磕牙兒我不叫你取去他也不等你了壞透了的小蹄子說着自已便出房來出了怡紅院一逕往寶釵院內來剛至沁芳亭畔只見寶玉的奶娘李嬤嬤從那邊來小紅立住笑問道李奶奶你老人家那

裡去了怎麼打這裡來李嬤嬤站住將手一拍道你說好好兒的又看上了那個什麼雲哥兒雨哥兒的這會子逼着我叫了他來明兒叫上屋裡聽見可又是不好小紅笑道你老人家當真的就信著他去叫麼李嬤嬤道可怎麼樣呢小紅笑道那一個要是知好歹就不進來纔是李嬤嬤道他又不傻爲什麼不進來小紅道既是進來你老人家該別和他一塊兒來回來叫他一個人混碰看他怎麼樣李嬤嬤道我有那們大工夫和他走不過告訴了他回來打發個小丫頭子或是老婆子帶進他來就完了說着拄著拐一逕去了小紅聽說便站着出神且不去取筆不多時只見一個小丫頭跑來見小紅站在那裡便問

道紅姑姐你在這裡作什麼呢小紅抬頭見是小丫頭子墜兒
小紅道那裡去墜兒道叫我帶進芸二爺來說着一逕跑了這
裡小紅剛走至蜂腰橋門前只見那邊墜兒引着賈芸來了那
賈芸一面走一面拿眼把小紅一溜那小紅只粧着和墜兒說
話也把眼去一溜賈芸四目恰好相對小紅不覺把臉一紅一
扭身往蘅蕪苑去了不在話下這裡賈芸隨着墜兒逶迤來至
怡紅院中墜兒先進去回明了然後方領賈芸進去賈芸看時
只見院內略略有幾點山石種着芭蕉那邊有兩隻仙鶴在松
樹下剔翎一溜迴廊上釣着各色籠子籠着仙禽異鳥上面小
小五間抱厦一色雕鏤新鮮花樣槅扇上面懸着一個匾四個

大字題道是怡紅快綠賈芸想道怪道叫怡紅院原來匾上是
這四個字正想着只聽裡面隔着紗窗子笑說道快進來罷我
怎麼就忘了你兩三個月賈芸聽見是寶玉的聲音連忙進入
房內抬頭一看只見金碧輝煌文章閃爍却看不見寶玉在那
裡一回頭只見左邊立着一架大穿衣鏡從鏡後轉出兩個一
對兒十五六歲的丫頭來說請二爺裡頭屋裡坐賈芸連正眼
也不敢看連忙答應了又進一道碧紗厨只見小小一張填漆
床上懸着大紅銷金撒花帳子寶玉穿着家常衣服靸著鞋倚
在床上拿着本書看見他進來將書擲下早帶笑立起身來賈
芸忙上前請了安寶玉讓坐便在下面一張椅子上坐了寶玉

笑道只從那個月見了你我叫你往書房裡來誰知接接連連許多事情就把你忘了賈芸笑道總是我沒造化偏又遇著叔叔欠安叔叔如今可大安了寶玉道大好了我倒聽見說你辛苦了好幾天賈芸道辛苦也是該當的叔叔大安了也是我們一家子的造化說著只見有個丫鬟端了茶來與他那賈芸嘴裡和寶玉說話眼睛却瞅那丫鬟細挑身子容長臉兒穿著銀紅襖兒青緞子坎肩白綾細摺兒裙子那賈芸自從寶玉病了他在裡頭混了兩天都把有名人口記了一半他看見這丫鬟知道是襲人他在寶玉房中比別人不同如今端了茶來寶玉又在傍邊坐着便忙站起來笑道姐姐怎麼給我倒起茶來我

來到叔叔這裡又不是客等我自已倒罷了寶玉道你只管坐着罷丫頭們跟前也是這麼着賈芸笑道雖那麼說叔叔屋裡的姐姐們我怎麼敢放肆呢一面說一面坐下吃茶那寶玉便和他說些沒要緊的散話又說道誰家的戲子好誰家的花園好又告訴他誰家的丫頭標緻誰家的酒席豐盛又是誰家有奇貨又是誰家有異物那賈芸口裡只得順着他說說了一囘見寶玉有些懶懶的了便起身告辭寶玉也不甚留只說你明兒閑了只管來仍命小丫頭子墜兒送出去了賈芸出了怡紅院見四顧無人便慢慢的停著些走口裡一長一短和墜兒說話先問他幾歲了名字叫什麼你父母在那行上在寶叔屋裡

幾年了一個月多少錢共總寶叔屋內有幾個女孩子那墜兒見問便一樁樁的都告訴他了賈芸又道剛纔那個和你說話的他可是叫小紅墜兒笑道他就叫小紅你問他作什麼賈芸道方纔他問你什麼絹子我倒揀了一塊墜兒聽了笑道他問了我好幾遍可有看見他的絹子的我那裡那麼大工夫管這些事今兒他又問我他說我替他找着了他還謝我呢纔在蘅蕪苑門口兒說的二爺也聽見了不是我撒謊好二爺你既揀了給我罷我看他拿什麼謝我原來上月賈芸進來種樹之時便揀了一塊羅帕知是這園內的人失落的但不知是那一個人的故不敢造次今聽見小紅問墜兒知是他的心內不勝喜

幸又見墜兒追索心中早得了主意便向袖內將自己的一塊取出來向墜兒笑道我給是給你你要得了他的謝禮可不許瞞着我墜兒滿口裡答應了接了絹子送出賈芸回來找小紅不在話下如今且說寶玉打發賈芸去後意思懶懶的歪在床上似有朦朧之態襲人便走上來坐在床沿上推他說道怎麼又要睡覺你悶的很出去逛逛不好寶玉見說攜著他的手笑道我要去只是捨不得你襲人笑道你別沒的說了一面說一面拉起他來寶玉道可往那裡去呢怪膩膩煩煩的襲人道你出去了就好了只管這麼委瑣越發心裡膩煩了寶玉無精打彩只得依他晃出了房門在廻廊上調弄了一回雀兒出至院

外順着沁芳溪看了一回金魚只見那邊山坡上兩隻小鹿兒箭也似的跑來寶玉不解何意正自納悶只見賈蘭在後面拿着一張小弓兒赶來一見寶玉在前便站住了笑道二叔叔在家裡呢我只當出門去了呢寶玉道你又淘氣了好好兒的射他做什麼賈蘭笑道這會子不念書閒著做什麼所以演習演習騎射寶玉道磕了牙那時候兒纔不演呢說着便順脚一逕來至一個院門前看那鳳尾森森龍吟細細正是瀟湘館寶玉信步走入只見湘簾垂地悄無人聲走至窻前覺得一縷幽香從碧紗窻中暗暗透出寶玉便將臉貼在紗窻上看時耳內忽聽得細細的長歎了一聲道每日家情思睡昏昏寶玉聽了不

覺心內癢將起來再看時只見黛玉在床上伸懶腰寶玉在窻外笑道為什麼每日家情思睡昏昏的一面說一面掀簾子進來了黛玉自覺忘情不覺紅了臉拿袖子遮了臉翻身向裡粧睡着了寶玉纔走上來要扳他的身子只見黛玉的奶娘並兩個婆子却跟進來了說妹妹睡覺呢等醒來再請罷剛說着黛玉便翻身坐起來笑道誰睡覺呢那兩三個婆子見黛玉起來便笑道我們只當姑娘睡著了說着便叫紫鵑說姑娘醒了進來伺候一面說一面都去了黛玉坐在床上一面抬手整理鬢髮一面笑向寶玉道人家睡覺你進來做什麼寶玉見他星眼微餳香腮帶赤不覺神魂早蕩一歪身坐在椅子上笑道你纔

說什麽黛玉道我沒說什麽寶玉笑道給你個榧子吃呢我都聽見了二人正說話只見紫鵑進來寶玉笑道紫鵑把你們的好茶沏碗我喝紫鵑道我們那裡有好的要好的只好等襲人來黛玉道別理他你先給我舀水去罷紫鵑道他是客自然先沏了茶來再舀水去說着倒茶去了寶玉笑道好丫頭若共你多情小姐同鴛帳怎捨得叫你疊被鋪床黛玉登時急了撂下臉來說道你說什麼寶玉笑道我何嘗說什麼黛玉便哭道如今新興的外頭聽了村話來也說給我聽看了混賬書也拿我取笑兒我成了替爺們解悶兒的了一面哭一面下牀来往外就走寶玉心下慌了忙赶上來說好妹妹我一時該死你好歹

別告訴去我再敢說這些話嘴上就長個疔爛了舌頭正說着只見襲人走來說道快回去穿衣裳去老爺叫你呢寶玉聽了不覺打了個焦雷一般也顧不得別的疾忙回來穿衣服出園来只見焙茗在二門前等着寶玉問道你可知道老爺叫我是為什麽焙茗道爺快出來罷橫竪是見去的到那裡就知道了一面說一面催着寶玉轉過大廳寶玉心裡還自狐疑只聽墻角邊一陣呵呵大笑回頭見薛蟠拍着手跳出來笑道要不說姨丈叫你你那裡肯出來的這麽快焙茗也笑着跪下了寶玉怔了半天方想過來是薛蟠哄出他來薛蟠連忙打恭作揖陪不是又求別難為了小子都是我央及他去的寶玉也無法

了只好笑問道你哄我也罷了怎麽說是老爺呢我告訴姨娘去評評這個理可使得麽薛蟠忙道好兄弟我原爲求你快些出來就忘了忌諱這句話改日你要哄我也說我父親就完了寶玉道噯喲越發的該死了又向焙茗道反叛雜種還跪着做什麽焙茗連忙叩頭起來薛蟠道要不是我也不敢驚動只因明兒五月初三日是我的生日誰知老胡和老程他們不知那裡尋了來的這麽粗這麽長粉脆的鮮藕這麽大的西瓜這麽長這麽大的暹羅國進貢的靈柏香燻的暹羅猪魚你說這四樣禮物可難得不難得那魚猪不過貴而難得這藕和瓜虧他怎麽種出來的我先孝敬了母親赶着就給你們老太太姨母送了些去如今留了些我要自己吃恐怕折福左思右想除我之外惟你還配吃所以特請你來可巧唱曲兒的一個小子又來了我和你樂一天何如一面說一面來到他書房裡只見詹光程日興胡斯來單聘仁等并唱曲兒的小子都在這裡見他進來請安的問好的都彼此見過了吃了茶薛蟠即命人擺酒來說猶未了衆小厮七手八脚擺了半天方纔停當歸坐寶玉果見瓜藕新異因笑道我的壽禮還沒送來倒先擾了薛蟠道可是呢你明兒來拜壽打算送什麽新鮮物兒寶玉道我沒有什麽送的若論銀錢吃穿等類的東西究竟還不是我的惟有寫一張字或畫一張畫這纔是我的薛蟠笑道你提畫兒我纔

想起來了昨兒我看見人家一本春宮兒畫的狠好上頭還有許多的字我也沒細看只看落的款原來是什麼庚黃的真好的了不得寶玉聽說心下猜疑道古今字畫也都見過些那裡有個庚黃想了半天不覺笑將起來命人取過筆來在手心裡寫了兩個字又問薛蟠道你看真了是庚黃麼薛蟠道怎麼沒看真寶玉將手一撒給他看道可是這兩個字罷其實和庚黃相去不遠衆人都看時原來是唐寅兩個字都笑道想必是這兩個字大爺一時眼花了也未可知薛蟠自覺沒趣笑道誰知他是糖銀是菓銀的正說着小厮來回馮大爺來了寶玉便知是神武將軍馮唐之子馮紫英來了薛蟠等一齊都叫快請說

猶未了只見馮紫英一路說笑已進來了衆人忙起席讓坐馮紫英笑道好啊也不出門了在家裡高樂罷寶玉薛蟠都笑道一向少會老世伯身上安好紫英答道家父倒也托庇康健但近來家母偶着了些風寒不好了兩天薛蟠見他面上有些青傷便笑道這臉上又和誰揮拳來掛了幌子了馮紫英笑道從那一遭把仇都尉的兒子打傷了我記了再不慪氣如何又揮拳這臉上是前日打圍在鐵網山叫兎鶻梢了一翅膀寶玉道幾時的話紫英道三月二十八日去的前兒也就回來了寶玉道怪道前兒初三四兒我在沈世兄家赴席不見你呢我要問不知怎麼忘了單你去了還是老世伯也去了紫英道可不是

家父去我没法兒去罷了難道我閑瘋了偺們幾個人吃酒聽
唱的不樂尋那個苦惱去這一次大不幸之中却有大幸薛蟠
衆人見他吃完了茶都說道且入席有話慢慢的說馮紫英聽
說便立起身來說道論理我該陪飲幾杯纔是只是今兒有一
件很要緊的事回去還要見家父面回實不敢領薛蟠寶玉衆
人那裡肯依死拉着不放馮紫英笑道這又奇了你我這些年
那一回有這個道理的實在不能遵命若必定叫我喝拿大杯
來我領兩杯就是了衆人聽說只得罷了薛蟠執壺寶玉把盞
斟了兩大海那馮紫英站着一氣而盡寶玉道你倒底把這個
不幸之幸說完了再走馮紫英笑道今兒說的也不盡興我為

這個還要特治一個東兒請你們去細談一談二則還有奉懇
之處說着撒手就走薛蟠道越發說的人熱剌剌的扔不下多
早晚纔請我們告訴了也省了人打悶雷馮紫英道多則十日
少則八天一面說一面出門上馬去了衆人回來依席又飲了
一回方散寶玉回至園中襲人正惦記他去見賈政不知是禍
是福只見寶玉醉醺醺回來因問其原故寶玉一一向他說了
襲人道人家牽腸掛肚的等著你且高樂去也到底打發個人
來給個信兒寶玉道我何嘗不要送信兒因馮世兄來了就混
忘了正說着只見寶釵走進來笑道偏了我們新鮮東西了寶
玉笑道姐姐家的東西自然先偏了我們了寶釵搖頭笑道昨

兒哥哥倒特特的請我吃我不吃我叫他留着送給別人罷我知道我的命小福薄不配吃那個說着丫鬟倒了茶來吃茶說閑話兒不在話下却說那黛玉聽見賈政叫了寶玉去了一日不回來心中也替他憂慮至晚飯後聞得寶玉來了心裡要找他問問是怎麽樣了一步步行來見寶釵進寶玉的園內去了自已也隨後走了來剛到了沁芳橋只見各色水禽都在池中浴水也認不出名色來但見一個個文彩爛灼好看異常因而站住看了一回再往怡紅院來門已關了黛玉即便叫門誰知晴雯和碧痕二人正拌了嘴没好氣忽見寶釵來了那晴雯正把氣移在寶釵身上偷着在院內抱怨說有事没事跑了來

坐着叫我們三更半夜的不得睡覺忽聽又有人叫門晴雯越發動了氣也並不問是誰便說道都睡下了明兒再來罷黛玉素知丫頭們的性情他們彼此頑耍慣了恐怕院內的丫頭没聽見是他的聲音只當别的丫頭們了所以不開門因而又高聲說道是我還不開門麽晴雯偏偏還没聽見便使性子說道憑你是誰二爺吩咐的一槩不許放進人來呢黛玉聽了這話不覺氣怔在門外待要高聲問他逗起氣來自已又回思一番雖說是舅母家如同自已家一樣到底是客邊如今父母雙亡無依無靠現在他家依栖若是認真慪氣也覺没趣一面想一面又滚下淚珠來了真是回去不是站着不是正没主意只聽

裡面一陣笑語之聲細聽一聽竟是寶玉寶釵二人黛玉心中越發動了氣左思右想忽然想起早起的事來必竟是寶玉惱我告他的原故但只我何嘗告你去了你也不打聽打聽就惱我到這步田地你今兒不叫我進來難道明兒就不見面了越想越覺傷感便也不顧蒼苔露冷花徑風寒獨立墻角邊花陰之下悲悲切切嗚咽起來原來這黛玉秉絕代之姿容具稀世之俊美不期這一哭把那些附近的柳枝花朵上宿鳥棲鴉一聞此聲俱忒楞楞飛起遠避不忍再聽正是

花魂點點無情緒　鳥夢痴痴何處驚

因又有一首詩道

顰兒才貌世應稀　獨抱幽芳出繡閨

嗚咽一聲猶未了　落花滿地鳥驚飛

那黛玉正自啼哭忽聽吱嘍一聲院門開處不知是那一個出來要知端的下回分解

紅樓夢第二十六回終

紅樓夢第二十七回

滴翠亭楊妃戲彩蝶　埋香塚飛燕泣殘紅

話說黛玉正自悲泣忽聽院門響處只見寶釵出來了寶玉襲人一羣人都送出來待要上去問着寶玉又恐當着衆人問羞了寶玉不便因而閃過一傍讓寶釵去了寶玉等進去關了門方轉過來尚望着門洒了幾點淚自覺無味轉身回来無精打彩的卸了殘粧紫鵑雪雁素日知道黛玉的情性無事悶坐不是愁眉便是長歎且好端端的不知爲着什麽常常的便自淚不乾的先時還有人解勸或怕他思父母想家鄉受委屈用話來寛慰誰知後來一年一月的竟是常常如此把這個樣兒看

慣了也都不理論了所以也没人去理他由他悶坐只管外間自便去了那黛玉倚着床欄杆兩手抱着膝眼睛含着淚好似木雕泥塑的一般直坐到二更多天方纔睡了一宿無話至次日乃是四月二十六日原來這日未時交芒種節尚古風俗凡交芒種節的這日都要設擺各色禮物祭餞花神言芒種一過便是夏日了衆花皆卸花神退位須要餞行閨中更興這件風俗所以大觀園中之人都早起来了那些女孩子們或用花瓣柳枝編成轎馬的或用綾錦紗羅叠成千旄旌幢的都用綵線繫了每一棵樹頭每一枝花上都繫了這些物事滿園裡繡帶飄飖花枝招展更兼這些人打扮的桃羞杏讓燕妒鶯慚一時

也道不盡且說寶釵迎春探春惜春李紈鳳姐等並大姐兒香菱與眾丫鬟們都在園裡頑耍獨不見黛玉迎春因說道林妹妹怎麼不見好個懶丫頭這會子難道還睡覺不成寶釵道你們等着等我去鬧了他來說着便撂下眾人一直往瀟湘館來正走着只見文官等十二個女孩子也來了上來問了好說了一回閒話兒纔走開寶釵回身指道他們都在那裡呢你們找他們去我找林姑娘去就來說著逶迤往瀟湘館來忽然抬頭見寶玉進去了寶釵便站住低頭想了一想寶玉和黛玉是從小兒一處長大的他兄妹間多有不避嫌疑之處嘲笑不忌喜怒無常況且黛玉素多猜忌好弄小性兒此刻自巳也跟進去

一則寶玉不便二則黛玉嫌疑倒是回來的妙想畢抽身回來剛要尋別的姊妹去忽見面前一雙玉色蝴蝶大如團扇一上一下迎風翩躚十分有趣寶釵意欲撲了來頑耍遂向袖中取出扇子來向草地下來撲只見那一雙蝴蝶忽起忽落來來往往將欲過河去了引的寶釵躡手躡脚的一直跟到池邊滴翠亭上香汗淋漓嬌喘細細寶釵也無心撲了剛欲回來只聽那亭裡邊嘁嘁喳喳有人說話原來這亭子四面俱是遊廊曲欄盖在池中水上四面雕鏤槅子糊着紙寶釵在亭外聽見說話便煞住脚往裡細聽只聽說道你瞧瞧這絹子果然是你丟的那一塊你就拿着要不是就還芸二爺去又有一個說可不是我

那塊拿來給我罷又聽道你拿什麼謝我呢難道白找了來不成又答道我已經許了謝你自然是不哄你的又聽說道我找了來給你自然謝我但只是那揀的人你就不謝他麼那一個又說道你別胡說他是個爺們家揀了我們的東西自然該還的叫我拿什麼謝他呢又聽說道你不謝他我怎麼回他呢況且他再三再四的和我說了若沒謝的不許我給你呢半晌又聽說道也罷拿我這個給他算謝他的罷你要告訴別人呢須得起個誓又聽說道我要告訴人嘴上就長一個疔日後不得好死又聽說道噯喲偺們只顧說看仔細有人來悄悄的在外頭聽見不如把這槅子都推開了就是人見偺們在這裡他們只當我們說頑話兒呢走到跟前偺們也看的見就別說了寶釵外面聽見這話心中吃驚想道怪道從古至今那些姦淫狗盜的人心機都不錯這一開了見我在這裡他們豈不臊了況且說話的語音大似寶玉房裡的小紅他素昔眼空心大是個頭等刁鑽古怪的丫頭今兒我聽了他的短兒人急造反狗急跳墻不但生事而且我還沒趣如今便赶着躲了料也躲不及少不得要使個金蟬脫殼的法子猶未想完只聽咯吱一聲寶釵便故意放重了脚步笑着叫道顰兒我看你往那裡藏一面說一面故意往前赶那亭內的小紅墜兒剛一推窗只聽寶釵如此說着往前赶兩個人都唬怔了寶釵反向他二人笑道你

們把林姑娘藏在那裡了墜兒道何曾見林姑娘了寶釵道我纔在河那邊看着林姑娘在這裡蹲着弄水兒呢我要悄悄的唬他一跳還沒有走到跟前他倒看見我了朝東一遶就不見了別是藏在裡頭了一面說一面故意進去尋了一尋抽身就走口內說道一定又鑽在山子洞裡去了遇見蛇咬一口也罷了一面說一面走心中又好笑這件事算遮過去了不知他二人怎麼樣誰知小紅聽了寶釵的話便信以爲真讓寶釵去遠便拉墜兒道了不得了林姑娘蹲在這裡一定聽了話去了墜兒聽了也半日不言語小紅又道這可怎麼樣呢墜兒道聽見了管誰筋疼各人幹各人的就完了小紅道要是寶姑娘聽見

還罷了那林姑娘嘴裡又愛尅薄人心裡又細他一聽見了倘或走露了怎麼樣呢二人正說着只見香菱臻兒司棋侍書等上亭子來了二人只得掩着這話且和他們頑笑只見鳳姐兒站在山坡上招手兒小紅便連忙棄了衆人跑至鳳姐前堆着笑問奶奶使喚做什麼事鳳姐打諒了一回見他生的干凈俏麗說話知趣因笑道我的丫頭們今兒沒跟進我來我這會子想起一件事來要使喚個人出去不知你能幹不能幹說的齊全不齊全小紅笑道奶奶有什麼話只管分付我說去要說的不齊全悞了奶奶的事任憑奶奶責罰就是了鳳姐笑道你是那位姑娘屋裡的我使你出去他回來找你我好替你說小紅

道我是寶二爺屋裡的鳳姐聽了笑道噯喲你原來是寶玉房裡的怪道呢也罷了等他問我替你說你到我們家告訴你平姐姐外頭屋裡桌子上汝窰盤子架兒底下放着一卷銀子那是一百二十兩給繡匠的工價等張材家的來當面秤給他瞧了再給他拿去還有一件事裡頭床頭兒上有個小荷包兒拿了來小紅聽說答應着徹身去了不多時回來不見鳳姐在山坡上了因見司棋從山洞裡出來站着繫帶子便赶來問道姐姐不知道二奶奶往那裡去了司棋道沒理論小紅聽了回身又往四下裡一看只見那邊探春寶釵在池邊看魚小紅上來陪笑道姑娘們可知道二奶奶剛纔那裡去了探春道往你大

奶奶院裡找去小紅聽了再往稻香村來頂頭見晴雯綺霞碧痕秋紋麝月侍書入畫鶯兒等一羣人來了晴雯一見小紅便說道你只是瘋罷院子裡花兒也不澆雀兒也不喂茶爐子也不弄就在外頭逛小紅道昨兒二爺說了今兒不用澆花兒過一日澆一回我喂雀兒的時候兒你還睡覺呢碧痕道茶爐子呢小紅道今兒不該我的班兒有茶沒茶別問我綺霞道你聽聽他的嘴你們別說了讓他逛罷小紅道你們再問問我逛了沒逛二奶奶纔使喚我說話取東西去說着將荷包舉給他們看方沒言語了大家走開晴雯冷笑道怪道呢原來爬上高枝兒去了就不服我們說了不知說了一句話半句話名兒姓兒

知道了沒有就把他興頭的這個樣兒這一遭半遭兒的也算不得什麼過了後兒還得聽呵有本事從今兒出了這園子長長遠遠的在高枝兒上纔算好的呢一面說着去了這裡小紅聽了不便分證只得忍氣來找鳳姐到了李氏房中果見鳳姐在這裡和李氏說話兒呢小紅上來回道平姐姐說奶奶剛出來了他就把銀子收起來了纔張材家的來取當面秤了給他拿了去了說着將荷包遞上去又道平姐姐叫我來回奶奶纔旺兒進來討奶奶的示下好往那家子去平姐姐就把那話按着奶奶的主意打發他去了鳳姐笑道他怎麼按著我的主意打發去了呢小紅道平姐姐說我們奶奶問這裡奶奶好我們

二爺沒在家雖然遲了兩天只管請奶奶放心等五奶奶好些我們奶奶還會了五奶奶來瞧奶奶呢五奶奶前兒打發了人來說舅奶奶帶了信來了問奶奶好還要和這裡的姑奶奶尋幾丸延年神驗萬金丹若有了奶奶打發人來只管送在我們奶奶這裡明兒有人去就順路給那邊舅奶奶帶了去小紅還未說完李氏笑道噯喲這話我就不懂了什麼奶奶爺爺的一大堆鳳姐笑道怨不得你不懂這是四五門子的話呢說着又向小紅笑道好孩子難爲你說的齊全不像他們扭扭捏捏蚊子是的嫂子不知道如今除了我隨手使的這幾個丫頭老婆之外我就怕和別人說話他們必定把一句話拉長了作兩三

截兒吹文嚼字拿着腔兒哼哼唧唧的急的我冒火他們那裏知道我們平兒先也是這麼著我就問着他難道必定粧蚊子哼哼就算美人兒了說了幾遭兒纔好些兒了李紈笑道都像你潑辣貨纔好鳳姐道這個丫頭就好剛纔這兩遭說話雖不多口角兒就很剪斷說着又向小紅笑道明兒你伏侍我罷我認你做乾女孩兒我一調理你就出息了小紅聽了撲哧一笑鳳姐道你怎麼笑你說我年輕比你能大幾歲就做你的媽了你做春夢呢你打聽打聽這些人比你大的趕着我叫媽我還不理呢今兒抬舉了你了小紅笑道我不是笑這個我笑奶奶認錯了輩數兒了我媽是奶奶的乾女孩兒這會子又認我做

乾女孩兒鳳姐道誰是你媽李紈笑道你原來不認的他他是林之孝的女孩兒鳳姐聽了十分詫異因說道哦是他的丫頭啊又笑道林之孝兩口子都是錐子扎不出一聲兒來的我成日家說他們倒是配就了的一對兒一個天聾一個地啞那裏承望養出這麼個伶俐丫頭來你十幾了小紅道十七歲了又問名字小紅道原叫紅玉因爲重了寶二爺如今只叫小紅了鳳姐聽說將眉一皺把頭一回說道討人嫌的狠得了玉的便宜是的你也玉我也玉因說嫂子不知道我和他媽說賴大家的如今事多也不知這府裏誰是誰你替我好好兒的挑兩個丫頭我使他只嘗答應着他饒不挑倒把他的女孩兒送給別

處去誰道跟我必定不好李紈笑道你可是又多心了進來在
先你說在後怎麽怨的他媽鳳姐也笑道既這麽着明兒我和
寶玉說叫他再要人叫這丫頭跟我去可不知本人願意不願
意小紅笑道願意不願意我們也不敢說只是跟着奶奶我們
學些眉眼高低出入上下大小的事兒也得見識見識剛說着
只見王夫人的丫頭來請鳳姐便辭了李紈去了小紅自回怡
紅院去不在話下如今且說黛玉因夜間失寢次日起來遲了
聞得衆姐妹都在園中做餞花會恐人笑他痴懶連忙梳洗了
出來剛到了院中只見寶玉進門來了便笑道好妹妹你昨兒
告了我了沒有叫我懸了一夜的心黛玉便回頭叫紫鵑把屋

子收拾了下一扇紗屜子看那大燕子回來把簾子放下來拿
獅子倚住燒了香就把爐罩上一面說一面又往外走寶玉見
他這樣還認作是昨日晌午的事那知晚間的這件公案還打
恭作揖的黛玉正眼兒也不看各自出了院門一直找別的姐
妹去了寶玉心中納悶自己猜疑看起這樣光景來不像是爲
昨兒的事但只昨日我回來的晚了又沒有見他再沒有冲撞
他的去處兒了一面想一面由不得隨後跟了來只見寶釵探
春正在那邊看鶴舞見黛玉來了三個一同站着說話兒又見
寶玉來了探春便笑道寶哥哥身上好我整整的三天沒見你
了寶玉笑道妹妹身上好我前兒還在大嫂子跟前問你呢探

春道寶哥哥你往這裡來我和你說話寶玉聽說便跟了他離了釵玉兩個到了一棵石榴樹下探春因說道這幾天老爺沒叫你嗎寶玉笑道沒有叫探春道昨兒我恍惚聽見說老爺叫你出去來着寶玉笑道那想是別人聽錯了並沒叫我探春又笑道這幾個月我又攢下有十來吊錢了你還拿了去明兒出門逛去的時候或是好字畫好輕巧頑意兒替我帶些來寶玉道我這麼逛去城裡城外大廊大廟的逛也沒見個新奇精緻東西總不過是那些金玉銅磁器沒處擱的古董兒再麼就是紬緞吃食衣服了探春道誰要那些作什麼像你上回買的那柳枝兒編的小籃子兒竹子根兒挖的香盒兒膠泥垛的風爐

子兒就好了我喜歡的了不的誰知他們都愛上了都當寶貝兒是的搶了去了寶玉笑道原來要這個這不值什麼拿幾吊錢出去給小子們管拉兩車來探春道小廝們知道什麼你揀那有意思兒又不俗氣的東西你多替我帶幾件來我還像上回的鞋做一雙你穿比那雙還加工夫如何呢寶玉笑道你提起鞋來我想起故事來了一回穿著可巧遇見了老爺老爺就不受用問是誰做的我那裡敢提三妹妹我就回說是前兒我的生日舅母給的老爺聽了是舅母給的纔不好說什麼了半日還說何苦來虛耗人力作踐綾羅做這樣的東西我回來告訴了襲人襲人說這還罷了趙姨娘氣的抱怨的了不得正經

親兄弟鞋塌拉襪塌拉的没人看見且做這些東西探春聽說登時沉下臉來道你說這話糊塗到什麽田地怎麽我是該做鞋的人麽環兒難道没有分例的衣裳是衣裳鞋襪是鞋襪丫頭老婆一屋子怎麽抱怨這些話給誰聽呢我不過閒着没事作一雙半雙愛給那個哥哥兄弟隨我的心誰敢管我不成這也是他瞎氣寶玉聽了點頭笑道你不知道他心裡自然又有個想頭了探春聽說一發動了氣將頭一扭說道連你也糊塗了他那想頭自然是有的不過是那陰微下賤的見識他只管這麽想我只管認得老爺太太兩個人別人我一槩不管就是姐妹弟兄跟前誰和我好我就和誰好什麽偏的庶的我也不

知道論理我不該說他但他忒昏瞶的不像了還有笑話兒呢就是上回我給你那錢替我買那些頑的東西過了兩天他見了我就說是怎麽没錢怎麽難過我也不理誰知後來丫頭們出去了他就抱怨起我來說我攢的錢爲什麽給你使倒不給環兒使呢我聽見這話又好笑又好氣我就出來往太太跟前去了正說着只見寶釵那邊笑道說完了來罷顯見的是哥哥妹妹了撂下別人且說體己去我們聽一句兒就使不得了說着探春寶玉二人方笑著來了寶玉因不見了黛玉便知是他躲了別處去了想了一想索性遲兩日等他的氣息一息再去也罷了因低頭看見許多鳳仙石榴等各色落花錦重重的落

了一地因歎道這是他心裡生了氣也不收拾這花兒來了等我送了去明兒再問着他說著只見寶釵約着他們往後頭去寶玉道我就來等他二人去遠把那花兒兜起來登山渡水過樹穿花一直奔了那日和黛玉葬桃花的去處將已到了花塚猶未轉過山坡只聽那邊有嗚咽之聲一面數落着哭的好不傷心寶玉心下想道這不知是那屋裡的丫頭受了委屈跑到這個地方來哭一面想一面煞住脚步聽他哭道是

花謝花飛飛滿天　紅消香斷有誰憐
遊絲軟繫飄春榭　落絮輕沾撲繡簾
閨中女兒惜春暮　愁緒滿懷無着處

手把花鋤出繡簾　忍踏落花來復去
柳絲榆莢自芳菲　不管桃飄與李飛
桃李明年能再發　明年閨中知有誰
三月香巢初壘成　樑間燕子太無情
明年花發雖可啄　却不道人去樑空巢已傾
一年三百六十日　風刀霜劒嚴相逼
明媚鮮妍能幾時　一朝飄泊難尋覓
花開易見落難尋　堦前愁殺葬花人
獨把花鋤偷灑淚　灑上空枝見血痕
杜鵑無語正黃昏　荷鋤歸去掩重門

青燈照壁人初睡　冷雨敲窗被未温
怪儂底事倍傷神　半為憐春半惱春
憐春忽至惱忽去　至又無言去不聞
昨宵庭外悲歌發　知是花魂與鳥魂
花魂鳥魂總難留　鳥自無言花自羞
愿儂此日生雙翼　隨到花飛天盡頭
天盡頭　何處有香丘
未若錦囊收艷骨　一抔净土掩風流
質本潔來還潔去　不教污淖陷渠溝
爾今死去儂收葬　未卜儂身何日喪

儂今葬花人笑痴　他年葬儂知是誰
試看春殘花漸落　便是紅顏老死時
一朝春盡紅顏老　花落人亡兩不知

正是一面低吟一面哽咽那邊哭的自巳傷心却不道這邊聽的早巳痴倒了要知端詳下回分解

紅樓夢第二十七回終

紅樓夢第二十八回

蔣玉函情贈茜香羅　薛寶釵羞籠紅麝串

話說林黛玉只因昨夜晴雯不開門一事錯疑在寶玉身上次日又可巧遇見餞花之期正在一腔無明未曾發洩又勾起傷春愁思因把些殘花落瓣去掩埋由不得感花傷已哭了幾聲便隨口念了幾句不想寶玉在山坡上聽見先不過點頭感嘆次又聽到儂今葬花人笑痴他年葬儂知是誰一朝春盡紅顏老花落人亡兩不知等句不覺慟倒山坡上懷裡兜的落花撒了一地試想林黛玉的花顏月貌將來亦到無可尋覓之時寧不碎心腸斷既黛玉終歸無可尋覓之時推之於他人如寶釵香菱襲人等亦可以到無可尋覓之時矣寶釵等終歸無可尋覓之時則自已又安在呢且自身尚不知何在何往將来斯處斯園斯花斯柳又不知當屬誰姓因此一而二二而三反復推求了去真不知此時此際如何解釋這段悲傷正是

花影不離身左右　鳥聲只在耳東西

那黛玉正自傷感忽聽山坡上也有悲聲心下想道人人都笑我有痴病難道還有一個痴的不成抬頭一看見是寶玉黛玉便啐道呸我打諒是誰原来是這個狠心短命的剛說到短命二字又把口掩住長嘆一聲自已抽身便走這裡寶玉悲慟了一回見黛玉去了便知黛玉看見他躲開了自已也覺無味抖

抖土起來下山尋歸舊路徃怡紅院來可巧看見黛玉在前頭走連忙赶上去說道你且站着我知道你不理我我只說一句話從今已後撂開手黛玉回頭見是寶玉待要不理他聽他說只說一句話便道請說寶玉笑道兩句話說了你聽不聽呢黛玉聽說回頭就走寶玉在身後面嘆道既有今日何必當初黛玉聽見這話由不得站住回頭道當初怎麼樣今日怎麼樣寶玉道嗳當初姑娘來了那不是我陪着頑笑憑我心愛的姑娘要就拿去我愛吃的聽見姑娘也愛吃連忙收拾的干干凈凈收著等着姑娘回來一個棹子上吃飯一個床兒上睡覺丫頭們想不到的我怕姑娘生氣替丫頭們都想到了我想著姊妹

們從小兒長大親也罷熱也罷和氣到了兒纔見得比別人好如今誰承望姑娘人大心大不把我放在眼裡三日不理四日不見的倒把外四路兒的什麽寶姐姐鳳姐姐的放在心坎兒上我又沒個親兄弟親妹妹雖然有兩個你難道不知道是我隔母的我也和你是獨出只怕你和我的心一樣誰知我是白操了這一番心有冤無處訴說着不覺哭起來那時黛玉耳內聽了這話眼內見了這光景心內不覺灰了大半也不覺滴下淚來低頭不語寶玉見這般形像遂又說道我也知道我如今不好了但只任憑我怎麼不好萬不敢在妹妹跟前有錯處就有一二分錯處你或是教導我戒我下次或罵我幾句打我幾

下我都不放心誰知你總不理我叫我摸不着頭腦兒少魂失魄不知怎麼樣纔好就是死了也是個屈死鬼任憑高僧高道懺悔也不能脫生還得你說明了緣故我纔得托生呢黛玉聽了這話不覺將昨晚的事都忘在九霄雲外了便說道你既這麼說為什麼我去了你不叫丫頭開門呢寶玉詫異道這話從那裡說起我要是這麼着立刻就死了黛玉啐道大清早起死呀活的也不忌諱你說有呢就有沒有就沒有起什麼誓呢寶玉道實在沒有見你去就是寶姐姐坐了一坐就出來了黛玉想了一想笑道是了必是丫頭們懶待動喪聲歪氣的也是有的寶玉道想必是這個原故等我囬去問了是誰教訓教訓他

們就好了黛玉道你的那些姑娘們也該教訓教訓只是論理我不該說今兒得罪了我的事小倘或明兒寶姑娘來什麼貝姑娘來也得罪了事情可就大了說着抿着嘴兒笑寶玉聽了又是咬牙又是笑二人正說話見丫頭來請吃飯遂都往前頭來了王夫人見了黛玉因問道大姑娘你吃那鮑太醫的藥可好些黛玉道也不過這麼着老太太還叫我吃王大夫的藥呢寶玉道太太不知道林妹妹是內症先天生的弱所以禁不住一點兒風寒不過吃兩劑煎藥疏散了風寒還是吃丸藥的好王夫人道前兒大夫說了個丸藥的名字我也忘了寶玉道我知道那些丸藥不過叫他吃什麼人參養榮丸王夫人道不是

寶玉又道八珍益母丸左歸右歸再不就是八味地黃丸王夫人道都不是我只記得有個金剛兩個字的寶玉拍手笑道從來没聽見有個什麽金剛丸若有了金剛丸自然有菩薩散了說的滿屋裡人都笑了寶釵抿嘴笑道想是天王補心丹王夫人笑道是這個名兒如今我也糊塗了寶玉道太太倒不糊塗都是叫金剛菩薩支使糊塗了王夫人道扯你娘的臊又欠你老子搥你了寶玉笑道我老子再不爲這個搥我王夫人又道既有這個名兒明兒就叫人買些來吃寶玉道這些藥都是不中用的太太給我三百六十兩銀子我替妹妹配一料丸藥包管一料不完就好了王夫人道放屁什麽藥就這麽貴寶玉笑

道當真的呢我這個方子比別的不同那個藥名兒也古怪一時也說不清只講那頭胎紫河車人形帶葉參三百六十兩不足龜大何首烏千年松根茯苓胆諸如此類的藥不算爲奇只在羣藥裡算那爲君的藥說起來唬人一跳前年薛大哥哥求了我一二年我纔給了他這方子他拿了方子去又尋了二三年花了有上千的銀子纔配成了太太不信只問寶姐姐寶釵聽說笑着搖手兒說道我不知道也没聽見你別叫姨娘問我王夫人笑道到底是寶丫頭好孩子不撒謊寶玉站在當地聽見如此說一回身把手一拍說道我說的倒是眞話呢倒說撒謊口裡說着忽一回身只見林黛玉坐在寶釵身後抿着嘴笑

用手指頭在臉上畫着羞他鳳姐因在裡間屋裡看着人放桌子聽如此說便走來笑道寶兄弟不是撒謊這倒是有的前日薛大爺親自和我來尋珍珠我問他做什麽他說配藥他還抱怨說不配也罷了如今那裡知道這麽費事我問什麽藥他說是寶兄弟說的方子說了多少藥我也不記得他又說不是我就買幾顆珍珠了只是必要頭上戴過的所以纔來尋幾顆要沒有散的花兒就是頭上戴過的拆下來也使得過後兒我揀好的再給穿了來我沒法兒只得把兩枝珠子花兒現拆了給他還要一塊三尺長上用的大紅紗拿乳鉢研了麪子呢鳳姐說一句寶玉念一句佛鳳姐說完了寶玉又道太太打量怎麽

着這不過也是將就罷咧正經按方子這珍珠寶石是要在古坟裡找有那古時富貴人家兒粧裹的頭面拿了來纔好如今那裡爲這個去刨坟掘墓所以只是活人帶過的也使得王夫人聽了道阿彌陀佛不當家花拉的就是坟裡有人家死了幾百年這會子番屍倒骨的作了藥也不靈啊寶玉因向黛玉道你聽見了沒有難道二姐姐也跟着我撒謊不成臉望着黛玉說却拿眼睛瞟着寶釵黛玉便拉王夫人道舅母聽聽寶姐姐不替他圓謊他只問着我王夫人也道寶玉狠會欺負你妹妹寶玉笑道太太不知道這個原故寶姐姐先在家裡住着薛大哥的事他也不知道何况如今在裡頭住着呢自然是越發不

知道了林妹妹纔在背後以爲是我撒謊就羞我正說着見賈母房裡的丫頭找寶玉和黛玉去吃飯黛玉也不叫寶玉便起身帶着那丫頭走那丫頭說等著寶二爺一塊兒走啊黛玉道他不吃飯不和偺們走我先走了說着便出去了寶玉道我今兒還跟着太太吃罷王夫人道罷罷我今兒吃齋你正經吃你的去罷寶玉道我也跟着吃齋說著便叫那丫頭去罷自己跑到桌子上坐了王夫人向寶釵等笑道你們只管吃你們的由他去罷寶釵因笑道你正經去罷吃不吃陪著林妹妹走一趟他心裡正不自在呢何苦來寶玉道理他呢過一會子就好了一時吃過飯寶玉一則怕賈母惦記二則也想着黛玉忙忙的

要茶漱口探春惜春都笑道二哥哥你成日家忙的是什麼吃飯吃茶也是這麼忙碌碌的寶釵笑道你叫他快吃了瞧黛玉妹妹去罷叫他在這裡胡鬧什麼呢寶玉吃了茶便出來一直往西院來可巧走到鳳姐兒院前只見鳳姐兒在門前站着蹬着門檻子拿耳挖子剔牙看著十來個小廝們挪花盆呢見寶玉來了笑道你來的好進來進來替我寫幾個字兒寶玉只得跟了進來到了房裡鳳姐命人取過筆硯紙來向寶玉道大紅粧緞四十疋蟒緞四十疋各色用上紗一百疋金項圈四個寶玉道這算什麼又不是賬又不是禮物怎麼個寫法鳳姐兒道你只管寫上橫竪我自己明白就罷了寶玉聽說只得寫了

鳳姐一面收起來一面笑道還有何話告訴你不知依不依你屋裡有個丫頭叫小紅的我要叫了來使喚明兒我再替你挑一個可使得麽寶玉道我屋裡的人也多的狠姐姐喜歡誰只管叫了來何必問我鳳姐笑道既這麽着我就叫人帶他去了寶玉道只管帶去罷說着要走鳳姐道你回來我還有一句話呢寶玉道老太太叫我呢有話等回來罷說着便至賈母這邊只見都已吃完了飯了賈母因問他跟着你娘吃了什麽好的了寶玉笑道也沒什麽好的我倒多吃了一碗飯因問林姑娘在那裡賈母道裡頭屋裡呢寶玉進來只見地下一個丫頭吹熨斗炕上兩個丫頭打粉線黛玉灣着腰拿剪子裁什麽呢寶

玉走進來笑道哦這是做什麽呢纔吃了飯這麽控着頭一會子又頭疼了黛玉並不理只管裁他的有一個丫頭說道那塊紬子角兒還不好呢再熨熨罷黛玉便把剪子一撂說道理他呢過一會子就好了寶玉聽了自是納悶只見寶釵探春等也來了和賈母說了一回話寶釵也進來問妹妹做什麽呢因見林黛玉裁剪笑道越發能幹了連裁鉸都會了黛玉笑道這也不過是撒謊哄人罷了寶釵笑道我告訴你個笑話兒纔剛爲那個藥我說了個不知道寶兄弟心裡就不受用了黛玉道理他呢過會子就好了寶玉向寶釵道老太太要抹骨牌正沒人你抹骨牌去罷寶釵聽說便笑道我是爲抹骨牌纔來麽說着

便走了黛玉道你倒是去罷這裡有老虎看吃了你說着又裁寶玉見他不理只得還陪笑說道你也去逛逛再裁不遲黛玉總不理寶玉便問丫頭們這是誰叫他裁的黛玉見問丫頭們便說道憑他誰叫我裁也不管二爺的事寶玉方欲說話只見有人進來回說外頭有人請呢寶玉聽了忙徹身出來黛玉向外頭說道阿彌陀佛赶你回來我死了也罷了寶玉来到外面只見焙茗說馮大爺家請寶玉聽了知道是昨日的話便說要衣裳去就自已往書房裡來焙茗一直到了二門前等人只見出來了一個老婆子焙茗上去說道寶二爺在書房裡等出門的衣裳你老人家進去帶個信兒那婆子啐道呸放你娘的屁

寶玉如今在園裡住着跟他的人都在園裡你又跑了這裡來帶信兒了焙茗聽了笑道罵的是我也糊塗了說着一逕往東邊二門前來可巧門上小厮在甬路底下踢毬焙茗將原故說了有個小厮跑了進去半日纔抱了一個包袱出來遞給焙茗回到書房裡寶玉換上叫人備馬只帶着焙茗鋤藥雙瑞壽兒四個小厮去了一逕到了馮紫英門口有人報與馮紫英出來迎接進去只見薛蟠早已在那裡久候了還有許多唱曲兒的小厮們並唱小旦的蔣玉函錦香院的妓女雲兒大家都見過了然後吃茶寶玉擎茶笑道前兒說的幸與不幸之事我晝夜懸想今日一聞呼喚即至馮紫英笑道你們令姑表弟兄倒都

心寶前日不過是我的設辭誠心請你們喝一盃酒恐怕推托纔說下這句話誰知都信了真了說畢大家一笑然後擺上酒來依次坐定馮紫英先叫唱曲兒的小厮過來遞酒然後叫雲兒也過來敬三鍾那薛蟠三杯落肚不覺忘了情拉着雲兒的手笑道你把那體已新鮮曲兒唱個我聽我喝一罈子好不好雲兒聽說只得拿起琵琶来唱道

兩個寃家都難丟下想着你來又惦記着他兩個人形容俊俏都難描畫想昨宵幽期私訂在荼蘼架一個偷情一個尋拿拿住了三曹對案我也無回話

唱畢笑道你喝一罈子罷了薛蟠聽說笑道不值一罈再唱好

的來寶玉笑道聽我說罷這麼濫飲易醉而無味我先喝一大海發一個新令有不遵者連罰十大海逐出席外給人斟酒馮紫英蔣玉函等都道有理有理寶玉拿起海來一氣飲盡說道如今要說悲愁喜樂四個字却要說出女兒来還要註明這四個字的原故說完了喝門杯酒面要唱一個新鮮曲子酒底要席上生風一樣東西或古詩舊對四書五經成語薛蟠不等說完先站起來攔道我不來別算我這竟是頑我呢雲兒也站起來推他坐下笑道怕什麼這還虧你天天喝酒呢難道連我也不及我回來還說呢說是了罷不是了不過罰上幾杯那裡就醉死了你如今一亂令倒喝十大海下去斟酒不成衆人都拍

手道妙薛蟠聽說無法只得坐了聽寶玉說道女兒悲青春已大守空閨女兒愁悔教夫婿覓封侯女兒喜對鏡晨粧顏色美女兒樂鞦韆架上春衫薄衆人聽了都說道好薛蟠獨揚著臉搖頭說不好該罰衆人問如何該罰薛蟠道他說的我全不懂怎麽不該罰雲兒便擰他一把笑道你悄悄兒的想你的罷回來說不出來又該罰了于是拿琵琶聽寶玉唱道

滴不盡相思血淚拋紅豆開不完春柳春花滿畫樓睡不穩紗窗風雨黃昏後忘不了新愁與舊愁嚥不下玉粒金波噎滿喉照不盡菱花鏡裏形容瘦展不開的眉頭捱不明的更漏呀恰便似遮不住的青山隱隱流不斷的綠水悠悠

唱完大家齊聲喝彩獨薛蟠說沒板兒寶玉飲了門杯便拈起一片梨來說道雨打梨花深閉門完了令下該馮紫英說道女兒喜頭胎養了雙生子女兒樂私向花園掏蟋蟀女兒悲兒夫染病在垂危女兒愁大風吹倒梳粧樓說畢端起酒來唱道

你是個可人你是個多情你是個刁鑽古怪鬼靈精你是個神仙也不靈我說的話兒你全不信只叫你去背地裏細打聽纔知道我疼你不疼

唱完飲了門杯說道雞鳴茅店月令完下該雲兒雲兒便說道女兒悲將來終身倚靠誰薛蟠笑道我的兒有你薛大爺在你

怕什麽衆人都道別混他別混他雲兒又道女兒愁媽媽打罵何時休薛蟠道前兒我見了你媽還囑咐他不叫他打你呢衆人都道再多說的罰酒十杯薛蟠連忙自己打了一個嘴巴子說道沒耳性再不許說了雲兒又說女兒喜情郎不捨還家裡女兒樂住了簫管弄絃索說完便唱道

豆蔻花開三月三一個蟲兒往裡鑽鑽了半日鑽不進去爬到花兒上打鞦韆肉兒小心肝我不開了你怎麽鑽

唱畢飲了門盃說道桃之夭夭令完了下該薛蟠薛蟠道我可要說了女兒悲說了半日不見說底下的馮紫英笑道悲什麽快說薛蟠登時急的眼睛鈴鐺一般便說道女兒悲又咳嗽了兩聲方說道女兒悲嫁了個男人是烏龜衆人聽了都大笑起來薛蟠道笑什麽難道我說的不是一個女兒嫁了漢子要做忘八怎麽不傷心呢衆人笑的彎著腰說道你說的是快說底下的罷薛蟠瞪了瞪眼又說道女兒愁說了這句又不言語了衆人道怎麽愁薛蟠道綉房鑽出個大馬猴衆人哈哈笑道該罰該罰先還可恕這句更不通了說着便要斟酒寶玉道押韻就好薛蟠道令官都準了你們鬧什麽衆人聽說方罷了雲兒笑道下兩句越發難說了我替你說罷薛蟠道胡說當真我就沒好的了聽我說罷女兒喜洞房花燭朝慵起衆人聽了都咤異道這句何其太雅薛蟠道女兒樂一根𣯁𣯁往裡戳衆人聽了

都囬頭說道該死該死快唱了罷薛蟠便唱道一個蚊子哼哼哼衆人都怔了說道這是個什麽曲兒薛蟠還唱道兩個蒼蠅嗡嗡嗡衆人都道罷罷罷薛蟠道愛聽不聽這是新鮮曲兒叫做哼哼韻兒你們要懶待聽連酒底兒都免了我就不唱衆人都道免了罷倒別耽悞了別人家于是蔣玉函說道女兒悲丈夫一去不囬歸女兒愁無錢去打桂花油女兒喜燈花並頭結雙蕊女兒樂夫唱婦隨真和合說畢唱道

可喜你天生成百媚嬌恰便似活神仙離碧霄度青春年正小配鸞鳳真也巧呀看天河正高聽譙樓鼓敲剔銀燈同入鴛幃悄

唱畢飲了門杯笑道這詩詞上我倒有限幸而昨日見了一幅對子只記得這句可巧席上還有這件東西說畢便乾了酒拿起一朶木樨來念道花氣襲人知晝暖衆人都倒依了完令薛蟠又跳起來喧嚷道了不得了不得該罰該罰這席上並没有寳貝你怎麽說起寳貝來了蔣玉函忙說道何曾有寳貝薛蟠道你還賴呢你再說蔣玉函只得又念了一遍薛蟠道這襲人可不是寳貝是什麽你們不信只問他說畢指着寳玉寳玉没好意思起來說薛大哥你該罰多少薛蟠道該罰該罰說着拿起酒來一飲而盡馮紫英和蔣玉函等還問他原故雲兒便告訴了出來蔣玉函忙起身陪罪衆人都道不知者不作罪少刻

寶玉出席解手蔣玉函隨着出來二人站在廊簷下蔣玉函又陪不是寶玉見他嫵媚溫柔心中十分留戀便緊緊的搭着他的手叫他閒了往我們那裡去還有一句話問你也是你們貴班中有一個叫琪官兒的他如今名馳天下可惜我獨無緣一見蔣玉函笑道就是我的小名兒寶玉聽說不覺欣然跌足笑道有幸有幸果然名不虛傳今兒初會卻怎麼樣呢想了一想向袖中取出扇子將一個玉玦扇墜解下來遞給琪官道微物不堪略表今日之誼琪官接了笑道無功受祿何以克當也罷我這裡也得了一件奇物今日早起纔繫上還是簇新聊可表我一點親熱之意說畢撩衣將繫小衣兒的一條大紅汗巾子

解下來遞給寶玉道這汗巾子是茜香國女國王所貢之物夏天繫着肌膚生香不生汗漬昨日北靜王給的今日纔上身若是別人我斷不肯相贈二爺請把自己繫的解下來給我繫着寶玉聽說喜不自禁連忙接了將自己一條松花汗巾解下來遞給琪官二人方束好只聽一聲大叫我可拿住了只見薛蟠跳出來拉着二人道放着酒不喝兩個人逃席出來幹什麼快拿出來我瞧瞧二人都道沒有什麼薛蟠那裡肯依還是馮紫英出來纔解開了復又歸坐飲酒至晚方散寶玉回至園中寬衣吃茶襲人見扇上的墜兒沒了便問他往那裡去了寶玉道馬上丟了襲人也不理論及睡時見他腰裡一條血點似的大

紅汗巾子便猜着了八九分因說道你有了好的繫褲子了把我的那条還我罷寶玉聽說方想起那汗巾子原是襲人的不該給人心裡後悔口裡說不出來只得笑道我賠你一条罷襲人聽了點頭歎道我就知道你又幹這些事了也不該拿我的東西給那些混賬人哪也難爲你心裡沒個算計兒還要說幾句又恐慪上他的酒來少不得也睡了一宿無話次日天明方醒只見寶玉笑道夜裡失了盜也不知道你瞧瞧褲子上襲人低頭一看只見昨日寶玉繫的那条汗巾子繫在自已腰裡了便知是寶玉夜裡換的忙一頓就解下來說道我不希罕這行子趁早兒拿了去寶玉見他如此只得委婉解勸了一回襲人

無法暫且繫上過後寶玉出去終久解下來扔在個空箱子裡了自已又換了一条繫着寶玉並未理論因問起昨日可有什麼事情襲人便回說二奶奶打發人叫了小紅去了他原要等你來着我想什麽要緊我就做了主打發他去了寶玉道狠是我已經知道了不必等我罷了襲人又道昨兒貴妃打發夏太監出來送了一百二十兩銀子叫在清虛觀初一到初三打三天平安醮唱戲獻供叫珍大爺領着衆位爺們跪香拜佛呢還有端午兒的節禮也賞了說着命小丫頭來將昨日的所賜之物取出來却是上等宮扇兩柄紅麝香珠二串鳳尾羅二端芙蓉簟一領寶玉見了喜不自勝問別人的也都是這個嗎襲人

也難對你說只後自然明白除了老太太老爺太太這三個人第四個就是妹妹了有第五個人我也起個誓黛玉道你也不用起誓我狠知道你心裡有妹妹但只是見了姐姐就把妹妹忘了寶玉道那是你多心我再不是這麼樣的黛玉道昨兒寶丫頭他不替你圓謊你為什麼問着我呢那要是我你又不知怎麼樣了正說着只見寶釵從那邊來了二人便走開了寶釵分明看見只粧沒看見低頭過去了到了王夫人那裡坐了一回然後到了賈母這邊只見寶玉也在這裡呢寶釵因往日母親對王夫人曾提過金鎖是個和尚給的等日後有玉的方可結為婚姻等語所以總遠着寶玉昨日見元春所賜的東西獨

他與寶玉一樣心裡越發沒意思起來幸虧寶玉被一個黛玉纏綿住了心心念念只惦記着黛玉並不理論這事此刻忽見寶玉笑道寶姐姐我瞧瞧你的那香串子呢可巧寶釵左腕上籠着一串見寶玉問他少不得褪了下來寶釵原生的肌膚豐澤一時褪不下來寶玉在傍邊看着雪白的肐膊不覺動了羨慕之心暗暗想道這個膀子若長在林姑娘身上或者還得摸一摸偏長在他身上正是恨我沒福忽然想起金玉一事來再看看寶釵形容只見臉若銀盆眼同水杏脣不點而含丹眉不畫而橫翠比黛玉另具一種嫵媚風流不覺又呆了寶釵褪下串子來給他他也忘了接寶釵見他呆呆的自已倒不好意思

紅樓夢第二十九回

享福人福深還禱福　多情女情重愈斟情

話說寶玉正自發怔不想黛玉將手帕子扔了來正碰在眼睛上倒唬了一跳問這是誰黛玉搖着頭兒笑道不敢是我失了手因爲寶姐姐要看獃雁我比給他看不想失了手寶玉揉著眼睛待要說什麽又不好說的一時鳳姐兒來了因說起初一日在清虛觀打醮的事來約着寶釵寶玉黛玉等看戲去寶釵笑道罷罷怪熱的什麽沒看過的戲我不去鳳姐道他們那裡凉快兩邊又有樓偺們要去我頭幾天先打發人去把那些道士都趕出去把樓上打掃了掛起簾子来一個閑人不許放進

廟去纔是好呢我已經回了太太了你們不去我自家去這些日子也悶的狠了家裡唱動戲我又不得舒舒服服的看賈母聽說就笑道旣這麽着我和你去鳳姐聽說笑道老祖宗也去敢仔好可就是我又不得受用了賈母道到明兒我在正面樓上你在傍邊樓上你也不用到我這邊來立規矩可好不好鳳姐笑道這就是老祖宗疼我了賈母因向寶釵道你也去連你母親也去長天老日的在家裡也是睡覺寶釵只得答應着賈母又打發人去請了薛姨媽順路告訴王夫人要帶了他們姊妹去王夫人因一則身上不好二則預備元春有人出来早已回了不去的聽賈母如此說笑道還是這麽高興打發人去到

青年公子騎着銀鞍白馬彩轡朱纓在那八人轎前領着那些車轎人馬浩浩蕩蕩一片錦繡香烟遮天壓地而來却是鴉雀無聞只有車輪馬蹄之聲不多時已到了清虛觀門口只聽鐘鳴鼓響早有張法官執香披衣帶領衆道士在路傍迎接寶玉下了馬賈母的轎剛至山門以內見了本境城隍土地各位泥塑聖像便命住轎賈珍帶領各子弟上來迎接鳳姐兒的轎子却赶在頭裡先到了帶着鴛鴦等迎接上來見賈母下了轎忙要攙扶可巧有個十二三歲的小道士兒拿着個剪筒照管各處剪燭花兒正欲得便且藏出去不想一頭撞在鳳姐兒懷裡鳳姐便一揚手照臉打了個嘴巴把那小孩子打了一個觔斗

罵道小野雜種往那裡跑那小道士也不顧拾燭剪爬起來往外還要跑正值寶釵等下車衆婆娘媳婦正圍隨的風雨不透但見一個小道士滾了出來都喝聲叫拿拿打打賈母聽了忙問是怎麽了賈珍忙過來問鳳姐上去攙住賈母就回說一個小道士兒剪燭花的沒躲出去這會子混鑽呢賈母聽說忙道快帶了那孩子來別唬着他小門小戶的孩子都是嬌生慣養慣了的那裡見過這個勢派倘或唬著他到怪可憐見兒的他老子娘豈不疼呢說着便叫賈珍去好生帶了來賈珍只得去拉了那孩子一手拿着燭剪跪在地下亂顫賈母命賈珍拉起來叫他不用怕問他幾歲了那孩子總說不出話來賈母還說

可憐見兒的一向賈珍道珍哥帶他去罷給他幾個錢買菓子吃別叫人難為了他賈珍答應領出去了這裡賈母帶着衆人一層一層的瞻拜觀玩外面小廝們見賈母等進入二層山門忽見賈珍領了個小道士出來叫人來帶了去給他幾百錢別難為了他家人聽說忙上來領去賈珍站在臺堦上因問管家在那裡底下站的小廝們見問都一齊喝聲說叫管家登時林之孝一手整理着帽子跑進來到了賈珍跟前賈珍道雖說這裡地方兒大今兒偺們的人多你使的人你就帶了往這院裡散使不着的打發到那院裡去把小么兒們多挑幾個在這二層門上和兩邊的角門上伺候着要東西傳話你可知道不知

道今兒姑娘奶奶們都出來一個閒人也不許到這裡來林之孝忙答應知道又說了幾個是賈珍道去罷又問怎麽不見蓉兒一聲未了只見賈蓉從鐘樓裡跑出來了賈珍道你瞧瞧我這裡沒熱他倒凉快去了喝命家人啐他那小廝們都知道賈珍素日的性子違拗不得就有個小廝上來向賈蓉臉上啐了一口賈珍還瞪著他那小廝便問賈蓉爺還不怕熱哥兒怎麽先凉快去了賈蓉垂著手一聲不敢言語那賈芸賈萍賈芹等聽見了不但他們慌了並賈璉賈㻞賈瓊等也都忙了一個一個都從墻根兒底下慢慢的溜下來了賈珍又向賈蓉道你站着做什麼還不騎了馬跑到家裡告訴你娘母子去老太太和

姑娘們都來了叫他們快來伺候賈蓉聽說忙跑了出來一疊
連聲的要馬一面抱怨道早都不知做什麼的這會子尋趁我
一面又罵小子綑着手呢麼馬也拉不來要打發小厮去又恐
怕後來對出來說不得親自走一趟騎馬去了且說賈珍方要
抽身進來只見張道士站在傍邊陪笑說道論理我不比別人
應該裡頭伺候只因天氣炎熱衆位千金都出來了法官不敢
擅入請爺的示下恐老太太問或要隨喜那裡我只在這裡伺
候罷了賈珍知道這張道士雖然是當日榮國公的替身曾經
先皇御口親呼為大幻仙人如今現掌道錄司印又是當今封
為終了真人現今王公藩鎮都稱為神仙所以不敢輕慢一則
他又常往兩個府裡去太太姑娘們都是見的今見他如此說
便笑道偺們自巳你又說起這話來再多說我把你這鬍子還
揪了你的呢還不跟我進來呢那張道士呵呵的笑着跟了賈
珍進來賈珍到賈母跟前控身陪笑說道張爺爺進來請安賈
母聽了忙道請他來賈珍忙去攙過來那張道士先呵呵笑道
無量壽佛老祖宗一向福壽康寧衆位奶奶姑娘納福一向沒
到府裡請安老太太氣色越發好了賈母笑道老神仙你好張
道士笑道托老太太的萬福小道也還康健別的倒罷了只記
掛着哥兒一向身上好前日四月二十六我這裡做遮天大王
的聖誕人也來的少東西也很干凈我說請哥兒來逛逛怎麼

說不在家賈母說道果真不在家一面回頭叫寶玉誰知寶玉解手兒去了纔來忙上前問張爺爺好張道士也抱住問了好又向賈母笑道哥兒越發發福了賈母道他外頭好裡頭弱又搭着他老子逼着他念書生生兒的把個孩子逼出病來了張道士道前日我在好幾處看見哥兒寫的字做的詩都好的了不得怎麼老爺還抱怨哥兒不大喜歡念書呢依小道看來也就罷了又嘆道我看見哥兒的這個形容身段言談舉動怎麼就和當日國公爺一個稿子說着兩眼酸酸的賈母聽了也由不得有些戚慘說道正是呢我養了這些兒子孫子也沒一個像他爺爺的就只這玉兒還像他爺爺那張道士又向賈珍道

當日國公爺的模樣兒爺們一輩兒的不用說了自然沒赶上大約連大老爺二老爺也記不清楚了罷說畢又呵呵大笑道前日在一個人家兒看見位小姐今年十五歲了長的倒也好個模樣兒我想着哥兒也該提親了要論這小姐的模樣兒聰明智慧根基家當倒也配的過但不知老太太怎麼樣小道也不敢造次等請了示下纔敢提去呢賈母道上回有個和尚說了這孩子命裡不該早娶等再大一大兒再定罷你如今也訊聽著不管他根基富貴只要模樣兒配的上就來告訴我就是那家子窮也不過幫他幾兩銀子就完了只是模樣兒性格兒難得好的說畢只見鳳姐兒笑道張爺爺我們丫頭的寄名符

見你也不換去前兒虧你還有那麽大臉打發人和我要鵝黃
緞子去要不給你又恐怕你那老臉上下不來張道士哈哈大
笑道你瞧我眼花了也沒見奶奶在這裡也沒道謝寄名符早
已有了前日原想送去不承望娘娘來做好事也就混忘了還
在佛前鎮著呢等著我取了來說着跑到大殿上一時拿了個
茶盤搭著大紅蟒緞經袱子托出符來大姐兒的奶子接了符
張道士纔要抱過大姐兒來只見鳳姐笑道你就手裡拿出來
罷了又拿個盤子托着張道士道手裡不干不淨的怎麽拿用
盤子潔淨些鳳姐笑道你只顧拿出盤子到唬了我一跳我不
說你是爲送符倒像和我們化佈施來了衆人聽說閧然一笑

連賈璉也掌不住笑了賈母回頭道猴兒猴兒你不怕下割舌
地獄鳳姐笑道我們爺兒們不相干他怎麽常常的說我該積
陰隲遲了就短命呢張道士也笑道我拿出盤子來一舉兩用
倒不爲化佈施倒要把哥兒的那塊玉請下來托出去給那些
遠來的道友和徒子徒孫們見識見識賈母道既這麽着你老
人家老天拔地的跑什麽呢帶着他去瞧了叫他進來就是了
張道士道老太太不知道看着小道是八十歲的人托老太太
的福倒還硬朗二則外頭的人多氣味難聞況且大暑熱的天
哥兒受不慣倘或哥兒中了腌臢氣味倒值多了賈母聽說便
命寶玉摘下通靈玉來放在盤內那張道士兢兢業業的用蟒

褥子墊着捧了出去了這裡賈母帶著衆人各處遊玩一回方去上樓只見賈珍回說張爺爺送了玉來剛說着張道士捧著盤子走到跟前笑道衆人托小道的福見了哥兒的玉實在稀罕都沒什麼敬賀的這是他們各人傳道的法器都願意爲敬賀之禮雖不稀罕哥兒只留着頑耍賞人罷賈母聽說向盤內看時只見也有金璜也有玉玦或有事事如意或有歲歲平安皆是珠穿寶嵌玉琢金鏤共有三五十件因說道你也胡鬧他們出家人是那裡來的何必這樣這斷不能收張道士笑道這是他們一點敬意小道也不能阻擋老太太要不留下倒叫他們看着小道微薄不像是門下出身了賈母聽如此說方命人接下了寶玉笑道老太太張爺爺旣這麼說又推辭不得我要這個也無用不如叫小子捧了這個跟着我出去散給窮人罷賈母笑道這話說的也是張道士忙攔道哥兒雖要行好但這些東西雖說不甚稀罕也到底是幾件器皿若給了窮人一則與他們也無益二則反倒遭塌了這些東西要捨給窮人何不就散錢給他們呢寶玉聽說便命收下等晚上拿錢施捨罷說畢張道士方纔退出這裡賈母和衆人上了樓在正面樓上歸坐鳳姐等上了東樓衆丫頭等在西樓輪流伺候一時賈珍上來回道神前拈了戲頭一本是白蛇記賈母便問是什麼故事賈珍道漢高祖斬蛇起首的故事第二本是滿床笏賈母點頭道

倒是第二本也還罷了神佛旣這樣也只得如此又問第三本賈珍道第三本是南柯夢賈母聽了便不言語賈珍退下來走至外邊預備著申表焚錢糧開戲不在話下且說寶玉在樓上坐在賈母傍邊因叫個小丫頭子捧着方纔那一盤子東西將自已的玉帶上用手番弄尋撥一件一件的挑與賈母看賈母因看見有個赤金點翠的麒麟便伸手拿起來笑道這件東西好像是我看見誰家的孩子也帶著一個的寶釵笑道史大妹妹有一個比這個小些賈母道原來是雲兒有這個寶玉道他這麼往我們家去住着我也没看見探春笑道寶姐姐有心不管什麼他都記得黛玉冷笑道他在別的上頭心還有限惟有

這些人帶的東西上他纔是留心呢寶釵聽說回頭粧没聽見寶玉聽見史湘雲有這件東西自已便將那麒麟忙拿起來揣在懷裡忽又想到怕人看見他聽是史湘雲有了他就留着這件因此手裡揣著却拿眼睛瞟人只見衆人倒都不理論惟有黛玉瞅着他點頭兒似有讚嘆之意寶玉心裡不覺没意思起來又掏出來瞅着黛玉赸笑道這個東西有趣兒我替你拿着到家裡穿上個穗子你帶好不好黛玉將頭一扭道我不稀罕寶玉笑道你旣不稀罕我可就拿着了說着又揣起來剛要說話只見賈珍之妻尤氏和賈蓉續娶的媳婦胡氏婆媳兩個來了見過賈母賈母道你們又來做什麼我不過没事來逛逛一

句話說了只見人報馮將軍家有人來了原來馮紫英家聽見賈府在廟裡打醮連忙預備猪羊香燭茶食之類赶來送禮鳳姐聽了忙赶過正樓來拍手笑道嗳呀我却没防着這個只說偺們娘兒們來閒逛逛人家只當偺們大擺齋壇的來送禮都是老太太鬧的這又不得預偹賞封兒剛說了只見馮家的兩個管家女人上樓來了馮家兩個未去接着趙侍郎家也有禮來了於是接二連三都聽見賈府打醮女眷都在廟裡凡一應遠親近友世家相與都來送禮賈母纔後悔起來說又不是什麽正經齋事我們不過閒逛逛没的驚動人因此雖看了一天戲至下午便回來了次日便懶怠去鳳姐又說打墻也是動土已經驚動了人今兒樂得還去逛逛賈母因昨日見張道士提起寶玉說親的事來誰知寶玉一日心中不自在回家來生氣嗔着張道士與他說了親口口聲聲說從今已後再不見張道士了别人也並不知爲什麽原故二則黛玉昨日回家又中了暑因此二事賈母便執意不去了鳳姐見不去自已帶了人去也不在話下且說寶玉因見黛玉病了心裡放不下飯也懶待吃不時來問只怕他有個好歹黛玉因說道你只管聽你的戲去罷在家裡做什麽寶玉因昨日張道士提親之事心中大不受用今聽見黛玉如此說心裡因想道别人不知道我的心還可恕連他也奚落起我來因此心中更比往日的煩惱加了百

倍要是別人跟前斷不能動這肝火只是黛玉說了這話倒又比往日別人說這話不同由不得立刻沉下臉來說道我白認得你了罷了罷了黛玉聽說冷笑了兩聲道你白認得了我嗎我那裏能彀像人家有什麽配的上你的呢寶玉聽了便走來直問到臉上道你這麽說是安心咒我天誅地滅黛玉一時解不過這話來寶玉又道昨兒還為這個起了誓呢今兒你到底兒又重我一句我就天誅地滅你又有什麽益處呢黛玉一聞此言方想起昨日的話來今日原自已說錯了又是急又是愧便抽抽搭搭的哭起來說道我要安心咒你我也天誅地滅何苦來呢我知道昨日張道士說親你怕攔了你的姻緣你心裏

生氣來拿我煞性子原來寶玉自幼生成來的有一種下流痴病況從幼時和黛玉耳鬢斯磨心情相對如今稍知些事又看了些邪書僻傳凡遠親近友之家所見的那些閨英闈秀皆未有稍及黛玉者所以早存一段心事只不好說出來故每每或喜或怒變盡法子暗中試探那黛玉偏生也是個有些痴病的也每用假情試探因你也將真心真意瞞起來我也將真心真意瞞起來都只用假意試探如此兩假相逢終有一真其間瑣瑣碎碎難保不有口角之事即如此刻寶玉的心內想的是別人不知我的心還可恕難道你就不想我的心裏眼裏只有你你不能為我解煩惱反來拿這個話堵噎我可見我心裏時時

襲人忙赶了來纔奪下來寶玉冷笑道我是砸我的東西與你們什麼相干襲人見他臉都氣黃了眉眼都變了從來沒氣的這麼樣便拉着他的手笑道你合妹妹拌嘴不犯着砸他倘或砸壞了叫他心裡臉上怎麼過的去呢黛玉一行哭著一行聽了這話說到自己心坎兒上來可見寶玉連襲人不如越發傷心大哭起來心裡一急方纔吃的香薷飲便承受不住哇的一聲都吐出來了紫鵑忙上來用絹子接住登時一口一口的把塊絹子吐濕雪雁忙上來搥揉紫鵑道雖然生氣姑娘到底也該保重些纔吃了藥好些兒這會子因和寶二爺拌嘴又吐出來了倘或犯了病寶二爺怎麼心裡過的去呢寶玉聽了這話

說到自己心坎兒上來可見黛玉竟還不如紫鵑呢又見黛玉臉紅頭脹一行啼哭一行氣湊一行是淚一行是汗不勝怯弱寶玉見了這般又自己後悔方纔不該和他校証這會子他這樣光景我又替不了他心裡想着也由不得滴下淚來了襲人守着寶玉見他兩個哭的悲痛也心酸起來又摸着寶玉的手氷凉要勸寶玉不哭罷一則恐寶玉有什麼委屈悶在心裡二則又恐薄了黛玉兩頭兒為難正是女兒家的心性不覺也流下淚來紫鵑一面收拾了吐的藥一面拿扇子替黛玉輕輕的搧着見三個人都鴉雀無聲各自哭各自的索性也傷起心來也拿着絹子拭淚四個人都無言對泣還是襲人免强笑向寶

是因爲昨兒氣着了再不然他見我不去他也沒心腸去只是昨兒千不該萬不該鉸了那玉上的穗子管定他再不帶了還得我穿了他纔帶因而心中十分後悔那賈母見他兩個都生氣只說趁今兒那邊去看戲他兩個見了也就完了不想又都不去老人家急的抱怨說我這老冤家是那一世裡造下的孽障偏偏兒的遇見了這麽兩個不懂事的小冤家兒沒有一天不叫我操心真真的是俗語兒說的不是冤家不聚頭了幾時我閉了眼斷了這口氣任憑你們兩個冤家鬧上天去我眼不見心不煩也就罷了偏他娘的又不嚥這口氣自己抱怨着也哭起來了誰知這個話傳到寶玉黛玉二人耳內他二人竟從來沒有聽見過不是冤家不聚頭的這句俗語兒如今忽然得了這句話好似參禪的一般都低着頭細嚼這句話的滋味兒不覺的潸然淚下雖然不曾會面却一個在瀟湘館臨風灑淚一個在怡紅院對月長吁正是人居兩地情發一心了襲人因勸寶玉道千萬不是都是你的不是往日家裡的小廝們和他的姐姐妹妹拌嘴或是兩口子分爭你要是聽見了還罵那些小廝們蠢不能體貼女孩兒們的心腸今兒怎麽你也這麽着起來了明兒初五大節下的你們兩個再這麽仇人是的老太太越發要生氣了一定弄的大家不安生依我勸你正經下個氣兒賠個不是大家還是照常一樣兒的這麽着不好嗎寶玉

紅樓夢第三十回

寶釵借扇機帶雙敲　椿齡畫薔痴及局外

話說林黛玉自與寶玉口角後也覺後悔但又無去就他之理因此日夜悶悶如有所失紫鵑也看出八九便勸道論前兒的事竟是姑娘太浮躁了些別人不知寶玉的脾氣難道咱們也不知道爲那玉也不是鬧了一遭兩遭了黛玉啐道呸你倒來替人派我的不是我怎麼浮躁了紫鵑笑道好好兒的爲什麼鉸了那穗子不是寶玉只有三分不是姑娘倒有七分不是我看他素日在姑娘身上就好皆因姑娘小性兒常要歪派他纔這麼樣黛玉欲荅話只聽院外叫門紫鵑聽了聽笑道這是寶

玉的聲音想必是來賠不是來了黛玉聽了說不許開門紫鵑道姑娘又不是了這麼熱天毒日頭地下晒壞了他如何使得呢口裡說着便出去開門果然是寶玉一面讓他進來一面笑着說道我只當寶二爺再不上我們的門了誰知道這會子又來了寶玉笑道你們把極小的事倒說大了好好的爲什麼不來我就死了魂也要一日來一百遭妹妹可大好了紫鵑道身上病好了只是心裡氣還不大好寶玉笑道我知道了有什麼氣呢一面說着一面進來只見黛玉又在床上哭那黛玉本不曾哭聽見寶玉來由不得傷心止不住滾下淚來寶玉笑着走近床來道妹妹身上可大好了黛玉只顧拭淚並不答應寶玉

因便挨在床沿上坐了一面笑道我知道你不惱我但只是我不來叫傍人看見倒像是偺們又拌了嘴的是的要等他們來勸偺們那時候兒豈不偺們倒覺生分了不如這會子你要打要罵憑你怎麼樣千萬别不理我說着又把好妹妹叫了幾十聲黛玉心裡原是再不理寶玉的這會子聽見寶玉說别叫人知道偺們拌了嘴就生分了是的這一句話又可見得比别人原親近因又掌不住便哭道你也不用來哄我從今巳後我也不敢親近二爺權當我去了寶玉聽了笑道你往那裡去呢黛玉道我回家去寶玉笑道我跟了去黛玉道我死了呢寶玉道你死了我做和尚黛玉一聞此言登時把臉放下來問道想是

你要死了胡說的是什麼你們家倒有幾個親姐姐親妹妹呢明兒都死了你幾個身子做和尚去呢等我把這個話告訴别人評評理寶玉自知說的造次了後悔不來登時臉上紅漲低了頭不敢作聲幸而屋裡沒人黛玉兩眼直瞪瞪的瞅了他半天氣的噯了一聲說不出話來見寶玉彆的臉上紫漲便咬着牙用指頭狠命的在他額上戳了一下子哼了一聲說道你這個剛說了三個字便又嘆了一口氣仍拿起絹子來擦眼淚寶玉心裡原有無限的心事又兼說錯了話正自後悔又見黛玉戳他一下子要說也說不出來自嘆自泣因此自巳也有所感不覺掉下淚來要用絹子揩拭不想又忘了帶來便用衫袖去

擦黛玉雖然哭着却一眼看見他穿着簇新藕合紗衫竟去拭淚便一面自己拭淚一面回身將枕上搭的一方綃帕拿起來向寶玉懷裏一摔一語不發仍掩面而泣寶玉見他摔了帕子來忙接住拭了淚又挨近前些伸手拉了他一隻手笑道我的五臟都揉碎了你還只是哭走罷我和你到老太太那裏去罷黛玉將手一摔道誰和你拉拉扯扯的一天大似一天還這麼涎皮賴臉的連個理也不知道一句話没說完只聽嚷道好了寶黛兩個不防都唬了一跳回頭看時只見鳳姐兒跑進來笑道老太太在那裏抱怨天抱怨地只叫我來瞧瞧你們好了没有我說不用瞧過不了三天他們自己就好了老太太駡我說

我懶我來了果然應了我的話了也没見你們兩個有些什麼可拌的三日好了兩日惱了越大越成了孩子了有這會子拉着手哭的昨兒爲什麼又成了烏眼鷄是的呢還不跟着我到老太太跟前叫老人家也放點兒心呢說着拉了黛玉就走黛玉回頭叫丫頭們一個也没有鳳姐道又叫他們做什麼有我伏侍呢一面說一面拉着就走寶玉在後頭跟着出了園門到了賈母跟前鳳姐笑道我說他們不用人費心自己就會好的老祖宗不信一定叫我去說和趕我到那裏說和誰知兩個人在一塊兒對賠不是呢倒像黄鷹抓住鷂子的脚兩個人都扣了環了那裏還要人去說呢說的滿屋裏都笑起來此時寶釵

正在這裡那黛玉只一言不發挨著賈母坐下寳玉沒什麼說的便向寳釵笑道大哥哥好日子偏我又不好沒有別的禮送連個頭也不磕去大哥哥不知道我病倒像我推故不去是的倘或明兒姐姐閒了替我分辯分辯寳釵笑道這也多事你就要去也不敢驚動何況身上不好弟兄們常在一處要存這個心倒生分了寳玉又笑道姐姐知道體諒我就好了又道姐姐怎麼不聽戲去寳釵道我怕熱聽了兩齣熱的狠要走呢客又不散我少不得推身上不好就躲了寳玉聽說自己由不得臉上沒意思只得又搭赸笑道怪不得他們拿姐姐比楊妃原也富胎些寳釵聽說登時紅了臉待要發作又不好怎麼樣回思

了一回臉上越下不來便冷笑了兩聲說道我倒像楊妃只是沒個好哥哥好兄弟可以做得楊國忠的正說着可巧小丫頭靛兒因不見了扇子和寳釵笑道必是寳姑娘藏了我的好姑娘賞我罷寳釵指着他厲聲說道你要仔細你見我和誰頑過有和你素日嘻皮笑臉的那些姑娘們你該問他們去說的靛兒跑了寳玉自知又把話說造次了當着許多人比纔在黛玉跟前更不好意思便急回身又向別人搭赸去了黛玉聽見寳玉奚落寳釵心中着實得意纔要搭言也趁勢取個笑兒不想靛兒因找扇子寳釵又發了兩句話他便改口說道寳姐姐你聽了兩齣什麼戲寳釵因見黛玉面上有得意之態一定是聽

了寶玉方纔奚落之言遂了他的心願忽又見他問這話便笑道我看的是李逵罵了宋江後來又賠不是寶玉便笑道姐姐通今博古色色都知道怎麼連這一齣戲的名兒也不知道就說了這麼一套這叫做負荊請罪寶釵笑道原來這叫負荊請罪你們通今博古纔知道負荊請罪我不知什麼叫負荊請罪一句話未說了寶玉黛玉二人心裡有病聽了這話早把臉羞紅了鳳姐這些上雖不通但只看他三人的形景便知其意也笑問道這們大熱的天誰還吃生薑呢衆人不解便道沒有吃生薑的鳳姐故意用手摸着腮咤異道旣沒人吃生薑怎麼這麼辣辣的呢寶玉黛玉二人聽見這話越發不好意思了寶釵再欲說話見寶玉十分羞愧形景改變也就不好再說只得一笑收住別人總沒解過他們四個人的話來因此付之一笑一時寶釵鳳姐去了黛玉向寶玉道你也試着比我利害的人了誰都像我心拙口夯的由着人說呢寶玉正因寶釵多心自已沒趣見又見黛玉問著他越發沒好氣起來欲待要說兩句又怕黛玉多心說不得忍氣無精打彩一直出來誰知目今盛暑之際又當早飯已過各處主僕人等多半都因日長神倦寶玉背着手到一處一處鴉雀無聲從賈母這裡出來往西走過了穿堂便是鳳姐的院落到他院門前只見院門掩着知道鳳姐素日的規矩每到天熱午間要歇一個時辰的進去不便遂進

角門來到王夫人上房裡只見幾個丫頭手裡拿著針線却打盹兒王夫人在裡間凉牀上睡着金釧兒坐在傍邊搥腿也乜斜着眼亂恍寶玉輕輕的走到跟前把他耳墜子一摘金釧兒睜眼見是寶玉寶玉便悄悄的笑道就困的這麽着金釧抿嘴兒一笑擺手叫他出去仍合上眼寶玉見了他就有些戀戀不捨的悄悄的探頭瞧瞧王夫人合着眼便自己向身邊荷包裡帶的香雪潤津丹掏了一丸出來向金釧兒嘴裡一送金釧兒也不睜眼只管噙了寶玉上來便拉着手悄悄的笑道我和太太討了你咱們在一處罷金釧兒不答寶玉又道等太太醒了我就說金釧兒睜開眼將寶玉一推笑道你忙什麽金

簪兒掉在井裡頭有你的只是有你的連這句俗語難道也不明白我告訴你個巧方兒你往東小院兒裡頭拿環哥兒和彩雲去寶玉笑道誰管他的事咱們只說咱們的只見王夫人翻身起來照金釧兒臉上就打了個嘴巴指著罵道下作小娼婦兒好好兒的爺們都叫你們教壞了寶玉見王夫人起來早一溜烟跑了這裡金釧兒半邊臉火熱一聲不敢言語登時衆丫頭聽見王夫人醒了都忙進來王夫人便叫玉釧兒把你媽叫來帶出你姐姐去金釧兒聽見忙跪下哭道我再不敢了太太要打要罵只管發落別叫我出去就是天恩了我跟了太太十來年這會子攆出去我還見人不見人呢王夫人固然是個

寬仁慈厚的人從來不曾打過丫頭們一下子今忽見金釧兒行此無耻之事這是平生最恨的所以氣忿不過打了一下子罵了幾句雖金釧兒苦求也不肯收留到底叫了金釧兒的母親白老媳婦兒領出去了那金釧兒含羞忍辱的出去不在話下且說寶玉見王夫人醒了自已没趣忙進大觀園來只見赤日當天樹陰匝地滿耳蟬聲靜無人語剛到了薔薇架只聽見有人哽噎之聲寶玉心中疑惑便站住細聽果然那邊架下有人此時正是五月那薔薇花葉茂盛之際寶玉悄悄的隔着葯欄一看只見一個女孩子蹲在花下手裡拿着根别頭的簪子在地下摳土一面悄悄的流淚寶玉心中想道難道這也是個

痴丫頭又像顰兒來葬花不成因又自笑道若真也葬花可謂東施效顰了不但不爲新奇而且更是可厭想畢便要叫那女子說你不用跟着林姑娘學了話未出口幸而再看時這女孩子面生不是個侍兒倒像是那十二個學戲的女孩子裡頭的一個却辨不出他是生旦淨丑那一個角色來寶玉把舌頭一伸將口掩住自己想道幸而不曾造次上兩回皆因造次了顰兒也生氣寶兒也多心如今再得罪了他們越發没意思了一面想一面又恨不認得這個是誰再留神細看見這女孩子眉蹙春山眼顰秋水面薄腰纖嫋嫋婷婷大有黛玉之態寶玉早又不忍棄他而去只管痴看只見他雖然用金簪劃地並不是

掘土埋花竟是向土上畫字寳玉拿眼隨着簪子的起落一直到底一畫一點一勾的看了去數一數十八筆自巳又在手心裡拿指頭按着他方纔下筆的規矩寫了猜是個什麼字寫成一想原來就是個薔薇花的薔字寳玉想道必定是他也要做詩填詞這會子見了這花因有所感或者偶成了兩句一時興至怕忘了在地下畫着推敲也未可知且看他底下再寫什麼一面想一面又看只見那女孩子還在那裡畫呢畫來畫去還是個薔字再看還是個薔字裡面的原是早巳痴了畫完一個薔又畫一個薔巳經畫了有幾十個外面的不覺也看痴了兩個眼睛珠兒只管隨着簪子動心裡却想這女孩子一定有什麼說不出的心事纔這麼個樣兒外面他既是這個樣兒心裡還不知怎麼熬煎呢看他的模樣兒這麼單薄心裡那裡還擱的住熬煎呢可恨我不能替你分些過來却說伏中陰晴不定片雲可以致雨忽然凉風過處颯颯的落下一陣雨來寳玉看那女孩子頭上往下滴水把衣裳登時濕了寳玉想道這是下雨了他這個身子如何禁得驟雨一激因此禁不住便說道不用寫了你看身上都濕了那女孩子聽說倒唬了一跳抬頭一看只見花外一個人叫他不用寫了一則寳玉臉面俊秀二則花葉繁茂上下俱被枝葉隱住剛露著半邊臉兒那女孩子只當也是個丫頭再不想是寳玉因笑道多謝姐姐提醒了我難

道姐姐在外頭有什麽遮雨的一何提醒了寶玉噯喲了一聲纔覺得渾身冰涼低頭看看自已身上也都濕了說不好只得一氣跑回怡紅院去了心裡却還記罣着那女孩子没處避雨原來明日是端陽節那文官等十二個女孩子都放了學進園來各處頑耍可巧小生寶官正旦玉官兩個女孩子正在怡紅院和襲人頑笑被雨阻住大家堵了溝把水積在院內拿些緑頭鴨花鸂鶒彩鴛鴦捉的捉赶的赶縫了翅膀放在院內頑耍將院門關了襲人等都在遊廊上嘻笑寶玉見關着門便用手扣門裡面諸人只顧笑那裡聽見叫了半日拍得門山响裡面方聽見了料着寶玉這會子再不回來的襲人笑道誰這會子叫門没人開去寶玉道是我麝月道是寶姑娘的聲音晴雯道胡說寶姑娘這會子做什麽來襲人道等我隔著門縫兒瞧瞧可開就開別叫他淋着回去說着便順着遊廊到門前往外一瞧只見寶玉淋得雨打鷄一般襲人見了又是著忙又是好笑忙開了門笑着灣腰拍手道那裡知道是爺回來了你怎麽大雨裡跑了來寶玉一肚子没好氣滿心裡要把開門的踢幾脚方開了門並不看真是誰還只當是那些小丫頭們便一脚踢在肋上襲人噯喲了一聲寶玉還罵道下流東西們我素日担待你們得了意一點兒也不怕越發拿着我取笑兒了口裡說着一低頭見是襲人哭了方知踢錯了忙笑道噯喲是你來了

踢在那裡了襲人從來不曾受過一句大話兒的今忽見寶玉生氣踢了他一下子又當着許多人又是羞又是氣又是疼真一時置身無地待要怎麽樣料着寶玉未必是安心踢他少不得忍着說道沒有踢着還不換衣裳去呢寶玉一面進房解衣一面笑道我長了這麽大頭一遭兒生氣打人不想偏偏兒就碰見你了襲人一面忍痛換衣裳一面笑道我是個起頭兒的人也不論事大事小是好是歹自然也該從我起但只是別說打了我明日順了手只管打起別人來寶玉道我纔也不是安心襲人道誰說是安心呢素日開門關門的都是小丫頭們的事他們是憨皮慣了的早已恨的人牙癢癢他們也沒個怕懼

要是他們踢一下子唬唬也好剛纔是我淘氣不叫開門的說着那雨已住了寶官玉官也早去了襲人只覺肋下疼的心裡發鬧晚飯也不曾吃到晚間脫了衣服只見肋上青了碗大的一塊自已倒唬了一跳又不好聲張一時睡下夢中作痛由不得噯喲之聲從睡中哼出寶玉雖說不是安心因見襲人懶懶的心裡也不安穩半夜裡聽見襲人噯喲便知踢重了自已下床來悄悄的秉燈來照剛到床前只見襲人嗽了兩聲吐出一口痰來噯喲一聲睜眼見了寶玉倒唬了一跳道作什麽寶玉道你夢裡噯喲必是踢重了我瞧瞧襲人道我頭上發暈嗓子裡又腥又甜你倒照一照地下寶玉聽說果然持燈向地下

一照只見下口鮮血在地寶玉慌了只說了不得了襲人見了也就心冷了半截要知端的下回分解

紅樓夢第三十回終